SONETOS DE SHAKESPEARE
FAÇA VOCÊ MESMO

OBJETIVA

Os direitos autorais deste livro
foram doados ao
UNICEF
e serão aplicados em programas
que incentivem a leitura.

Por enquanto, por...

Guel ARRAES
Giba ASSIS BRASIL
Ivo BARROSO
Lisa Gertum BECKER
Gero CAMILO
Juarez Guedes CRUZ
Clarice FALCÃO
Arthur de FARIA
Aderbal FREIRE Filho
Jorge FURTADO
Julia Anjos FURTADO
Pedro FURTADO

Maria de la Cruz GÓMEZ
Liziane KUGLAND
Ana MARIANO
Fernando MEIRELLES
Wagner MOURA
Edu OLIVEIRA
Isa PESSÔA
Lázaro RAMOS
Paula TAITELBAUM
Fernanda TORRES
Fernanda VERISSIMO
Mariana VERISSIMO
Beatriz VIÉGAS-FARIA

Sumário

Por que o soneto é mais interessante que o sudoku

***por* Jorge FURTADO**

Ah, por muitas razões! Para começar, o soneto é feito com palavras, muito mais simpáticas que os números. Depois, você há de convir que levar meia hora para escrever *152843796* é uma perda de tempo considerável. O que significa *152843796*? Absolutamente nada, não serve nem para jogar no bicho. Compare *152843796* com "Nada como o sol são os olhos da minha amada". E então?

O soneto é, está provado, muito mais bonito que o sudoku. E é muito mais difícil de fazer e muito mais divertido de tentar. Quem já jogou sudoku por mais de um dia sabe que, na verdade, é sempre o mesmo jogo, as variações são mínimas, insignificantes: *152843796*, *158432796*, *127958436*. Um soneto é um mundo de imaginação embalado para viagem, um soneto é praticamente música.

Tema livre? Pegue um caderno e fique à vontade, siga o bom conselho de Carlos Pena Filho, "Tome um pouco de azul, se a tarde é clara..."*

Neste livrinho o tema é livre, mas é Shakespeare. Shakespeare dá e sobra, é diversão garantida.

E tem mais: você acha que é possível impressionar garotas sussurrando ao ouvido delas: "*152843796...*"? Pouco provável. Se ela se interessar, deve ser muito estranha, cuidado.

Como no sudoku, use um lápis, aqueles com borrachinha.

E divirta-se.

*Para Fazer um Soneto

Tome um pouco de azul, se a tarde é clara,
E espere pelo instante ocasional.
Nesse curto intervalo Deus prepara
E lhe oferta a palavra inicial

Aí, adote uma atitude avara:
Se você preferir a cor local,
Não use mais que o sol de sua cara
E um pedaço de fundo de quintal.

Se não, procure a cinza e essa vagueza
Das lembranças da infância, e não se apresse,
Antes, deixe levá-lo a correnteza.

Mas ao chegar ao ponto que se tece
Dentro da escuridão a vã certeza,
Ponha tudo de lado e então comece.

Carlos PENA FILHO
(Recife, 17 de maio de 1929 — Recife, 1º de julho de 1960) — Livro Geral.

Soneto, segundo o Houaiss:

Substantivo masculino
Rubrica: versificação.

Pequena composição poética composta de *14* versos, com número variável de sílabas, sendo o mais frequente o decassílabo, e cujo último verso (dito chave de ouro) concentra em si a ideia principal do poema ou deve encerrá-lo de maneira a encantar ou surpreender o leitor. [Pode ter a forma do soneto italiano (o mais praticado) ou do soneto inglês.]

Estatuto do soneto

***por* Liziane KUGLAND**

I– Dos Números

I.1. A Unidade:

Tudo começa com o ritmo.
São sons fracos e fortes que se alternam e se repetem, formando uma batida ritmada, uma pulsação, um compasso.
tumTUM... tumTUM... tumTUM...
Uma unidade rítmica que se repete é o pé.
Cada tumTUM desses é um pé.

I.2. Um mais Um:

Se o pé for constituído de um tum breve seguido por um TUM longo ele é chamado de *pé iâmbico*.
Em uma língua, esses *sons* podem se manifestar na forma de *sílabas*.
O *pé iâmbico* tem duas sílabas: uma breve seguida por uma longa. Não dê tanta importância para a separação correta das sílabas.
O que importa é o *som*, é como elas são ditas.
Os sons se dividem naturalmente.

I.3. Vezes Cinco:

Se o pé for repetido cinco vezes teremos um *pentâmetro iâmbico.*
tumTUM... tumTUM... tumTUM... tumTUM... tumTUM

Você pode usar o *pentâmetro iâmbico* para falar com seus amigos:

– miGUEL, por QUE tu FAZ asSIM, guRI?
– meu BEM, vem CÁ toMAR mais UM caFÉ!

Ou para fazer um *verso.*

Este é o primeiro verso do soneto número 130, de Shakespeare:

My/ MIS/ tress'/ EYES/ are/ NO/ thing/ LIKE/ the/ SUN/

I.4. Quatorze:

Se você tiver quatorze versos, você terá um soneto.

My mistress' eyes are nothing like the sun;
Coral is far more red than her lip's red;
If snow be white, why then her breasts are dun;
If hair be wires, black wires grow on her head;
I have seen roses damask'd, red and white,
But no such roses see I in her cheeks;
And in some perfumes is there more delight
Than in the breath that from my mistress reeks.
I love to hear her speak, yet well I know
That music hath a far more pleasing sound:
I grant I never saw a goddess go;
My mistress, when she walks, she treads on ground.
And yet, by heaven, I think my love as rare
As any she belied with false compare.

I.5. (Três vezes Quatro) Mais Dois:

Se o seu *soneto* for agrupado em três *quartetos* mais um *dístico (couplet)* final, você terá um *soneto inglês* ou *shakespeariano*, como o de número *130*.

As rimas obedecerão ao seguinte esquema:
ABAB / CDCD / EFEF / GG

Isto significa que, no primeiro quarteto, o primeiro verso rima com o terceiro, e o segundo com o quarto:

(A) sun (B) red (A) dun (B) head

O mesmo acontece nos outros dois quartetos:

(C) white (D) cheeks (C) delight (D) reeks
(E) know (F) sound (E) go (F) ground

Os dois últimos versos, que são a chave de ouro do soneto, rimam um com o outro:

(G) rare (G) compare

Observe que as rimas não se repetem.

I.6. Uma, Duas, às vezes Três:

A língua inglesa é rica em palavras de uma ou duas sílabas e Shakespeare escreveu seus sonetos quase exclusivamente com palavras curtas, principalmente no par de versos final.

And yet, by heaven, I think my love as rare
As any she belied with false compare.

Mas cada língua tem seus encantos.
And yet, by heaven, lembre-se: *NÃO* é sudoku.

I.7. Todos menos Uns:

*N*em Shakespeare foi tão rigoroso. Entre os 154 sonetos escritos nos anos 1590 e publicados pela primeira vez em 1609, alguns fogem ao padrão:

- O número *29* repete uma rima *B* no lugar da *F.* Usa até a mesma palavra (*state*).
- O *87* começa rimando *ABAB*, e assim continua, mas os outros dois quartetos rimam palavras terminadas em *-ing* (como a rima *A*), embora todas diferentes (*-sing, -anting, -erving, -owing, -aking*).
- O *99* tem quinze versos, mas o primeiro funciona como uma introdução. É um soneto.
- O *126* tem só doze versos, rimando de par em par. É um soneto?
- O *145* não é pentâmetro, mas tetrâmetro iâmbico.

II – Do que não É Número

Noves fora, o que sobra é todo o resto: a poesia. Os sons e os sentidos.

Observe o início do soneto 12:

When I do COUNT the CLOCK that TELLS the TIME,

Agora observe a tradução de Ivo Barroso:

QUANdo a HOra DObra em TRISte e TARdo TOque

Não é um pentâmetro iâmbico, mas lá está o mais importante: nas duas línguas se pode ouvir o som cadenciado do relógio, a passagem do tempo.
Vale inverter as rimas, inverter o pé, trocar a métrica, até não rimar. Deve-se conversar em voz alta com o soneto, ver o que ele exige e onde ele pode ceder. Então fazer nossas ofertas e entrar em acordo.

Só não vale não tentar.

Memorabilia

(...)

A fase de trabalhos sistemáticos, no sentido de traduzir um considerável número de sonetos, só ocorreu na Holanda, nos anos ***1968-70***, onde me deparei, pela primeira vez, com a coleção completa dos ***154***, numa edição bilíngue (inglês/neerlandês), traduzidos por W. van Elden. Foi com a tradução do seu prefácio que passei a ter consciência das dificuldades a que se expunha, em qualquer língua, quem intentasse traduzir os sonetos shakespearianos querendo manter-lhes o ritmo, o jogo de palavras, as polissemias e duplos sentidos, o vocabulário ora erudito ora popular, a riqueza de ambientes, cores, tons, sem falar nas metáforas peculiares e nos recursos formais que funcionam como elementos gestálticos. Diz Van Elden: "Shakespeare conseguiu extrair da forma soneto tudo o que ela poderia dar. Por meio de infinitas variações métricas e do uso de todos os recursos poéticos, como aliterações, rimas internas, antíteses, repetições e trocadilhos, logrou um resultado quase inatingível. E tudo isso com tal facilidade e naturalidade que os recursos técnicos podem até passar despercebidos a quem não procurá-los expressamente."

(...)

Ao longo de todos estes anos que vimos nos dedicando à transposição desses versos imortais, se houve quase sempre a sensação de incompletude, a frustração de não conseguir a desejada semelhança, a mesma riqueza e elevação de tom que prevalece no original, por outro lado alguma vez nos visitou a alegria de ter produzido um ou outro verso que espelhava um momento satisfatório de nossa própria realização.

***por* Ivo BARROSO**

Novembro de 2005

Trecho de "Memorabilia", texto de introdução à edição de *William Shakespeare, 42 Sonetos*, tradução e apresentação de Ivo Barroso, Editora Nova Fronteira.

Sonetos de Shakespeare

por Gero CAMILO

Essa tarde, andando pelo centro da cidade
Resolvi dar-me um presente...
Sonetos de Shakespeare.

Parece uma atitude boa dar-se tais presentes
Não tivesse gasto meus últimos tostões,
aqueles magrinhos que não engordaram suficientes para pagar o aluguel
em troca dos Sonetos de Shakespeare.

Eram tostões quebrados decerto,
Pois ainda não haviam se multiplicado
No montante necessário para garantir-me o teto.
E me havia prometido, tamanho envelheci mês passado,
Não dar cabo do meu riso, não fosse pelos lírios
Que me escorregam dos olhos quando leio
Sonetos de Shakespeare.

Por um instante, parei em frente a uma livraria,
E como um cachorro que só sabe que o tempo anda
Com o olhar no frango que gira,
Como um cachorro que sabe da gravidade
Pela baba que desce,
Eu fiquei horas seguidas babando sobre a vidraça
Que não permitia que minhas mãos tocassem os
Sonetos de Shakespeare.

O comerciante de livros aproximou-se,
com um sorriso que descrevo fosco,
E perguntou o que havia eu de querer
Pois o comerciante reparara
Que se passara o tempo necessário,
Desde que ali pus-me a babar,
Para ter lido um romance ou todos os
Sonetos de Shakespeare.

Perguntei-lhe quanto custaria
Para que os sonetos fossem meus.
O comerciante então sorriu, menos fosco mais vil,
E disse-me: custa tanto!

O tanto que dissera era pouco e não sabia,
Até porque vendia Shakespeare junto com culinária e magia.

Embora me fossem exatamente os últimos tostões,
Aqueles magrinhos,
Que não engordaram suficiente para o aluguel...

Eu então cavei o bolso, e cédula a cédula,
Moeda a moeda, deu justo pra pagar e voltar pra casa,
Nada mais. Essa noite sou um homem sem garantia
De que amanhã terei casa, pois não paguei o aluguel.

Quanto a minha alma, sobrevive a essa ameaça,
Tomada pela mais sublime graça em habitar os
Sonetos de Shakespeare.

Os Sonetos

400 anos depois

nº 1

por ___________________________

Soneto nº 1

From fairest creatures we desire increase,
That thereby beauty's rose might never die,
But as the riper should by time decease,
His tender heir might bear his memory:

But thou contracted to thine own bright eyes,
Feed'st thy light's flame with self-substantial fuel,
Making a famine where abundance lies,
Thy self thy foe, to thy sweet self too cruel:

Thou that art now the world's fresh ornament,
And only herald to the gaudy spring,
Within thine own bud buriest thy content,
And, tender churl, mak'st waste in niggarding:

Pity the world, or else this glutton be,
To eat the world's due, by the grave and thee.

Notas:

1. Increase — florescimento, proliferação, melhoramento, aumento; espalhar semente, deixar prole, se reproduzir.
3. Riper — aquele ou aquilo que amadurece.
4. Tender — em oposição a ***riper***, o que é tenro, jovem.
10. Gaudy — aqui não tem o sentido pejorativo de exagerado, cafona, mas significa luxuriante, abundante, rico, exuberante.
12. Churl — camponês; sovina, pão-duro.

nº 1

por ______________________________

nº 1

por **Juarez Guedes CRUZ**

À perfeição desejamos permanência.
Sendo assim, que a linda rosa nunca morra.
E, se o tempo corromper a sua essência,
Que a mesma essência no herdeiro ocorra.

Mas tu, encerrado em teu olhar brilhante,
Te consumindo em tal recolhimento,
A dor causando a quem seria amante
Trocando a alegria por constrangimento.

Tu que do mundo és ornamento vivo,
Abrindo a estação com belas flores,
Matas a esperança com teu modo altivo
E, ao invés de beleza, espalhas dores.

Mais cuidado! Ou a dívida sem cura
Será cobrada em tua sepultura.

nº 12

por ______________________________

Soneto nº 12

When I do count the clock that tells the time,
And see the brave day sunk in hideous night;
When I behold the violet past prime,
And sable curls, all silvered o'er with white;

When lofty trees I see barren of leaves,
Which erst from heat did canopy the herd,
And summer's green all girded up in sheaves,
Borne on the bier with white and bristly beard,

Then of thy beauty do I question make,
That thou among the wastes of time must go,
Since sweets and beauties do themselves forsake
And die as fast as they see others grow;

And nothing 'gainst Time's scythe can make defence
Save breed, to brave him when he takes thee hence.

Notas:

3. Violet — violeta: a flor, a cor, mas também cor em geral, colorido.
4. Sable curls — cachos de cabelos escuros, negros, da cor da pele de marta-zibelina.
6. Erst — anteriormente, outrora, em tempos passados.
8. Bier — tanto caixão, esquife, ataúde, quanto a plataforma ou o carro/a carroça pra depositar/carregar o caixão ou o corpo. E também um termo arcaico para carroça ou caixote para transportar colheita.

nº 12

por ______________________________

nº 12
***por* Guel ARRAES**

SHAKESPEARE – O Homem que Copiava

"Quando a hora dobra em triste e tardo toque"*
As próprias palavras passam como o tempo
Giram o moinho do verso como o vento
Na rima vazia de tempo com tempo

E se até tua beleza passa num momento
Qual é o jeito de se ganhar do tempo?
Igual lutar com um moinho de vento
Querer vencer o tempo é perda de tempo

Mas existe um jeito de enganar a morte
Sem que seja preciso parar o tempo
Um filho e o filho de nosso filho
Moem o moinho da vida e do tempo

> "És um senhor tão bonito quanto a cara
> De meus filhos. Tempo, tempo, tempo, tempo..."**

* Ivo Barroso, tradução do soneto nº 12.
** Caetano Veloso, "Oração ao Tempo".

nº 12

por **Maria de la Cruz GÓMEZ**

Cuando percibo el tiempo medido en el reloj,
y al radiante día veo en noche terrible hundido,
contemplo la violeta, marchito su esplendor,
y plata o blanco vuelto todo cabello endrino,

cuando los altos árboles contemplo deshojados
que, del calor rebaños, antaño cobijaban
y ceñido en gavillas el verdor del verano
en féretro portado con blanca e hirsuta barba,

entonces me permito dudar de tu hermosura,
porque te hacen partir del tiempo los estragos,
pues lo dulce y lo bello se rinde a toda muda
y, al crecer a otros, mueren al mismo paso.

Que nada hay que libere de la cruel guadaña;
tu descendencia, tu ido, sabrá desafiarla

nº 12

por Ana MARIANO

Quando o relógio dobra o tempo em badaladas
E vejo o dia jovem afogar-se em noite;
Quando observo as violetas já fanadas
E dos negros cachos a prata ser enfeite

Quando das folhas se desnuda o arvoredo
E o rebanho nele já não encontra abrigo
Quando o verde do verão parte em degredo
E na carreta é barba de um rosto antigo

Da tua formosura eu busco o sentido,
Pois no rastro do tempo ela vai partir,
Eis que todo belo se esvai ou é banido
Veloz fenece ao outro ver surgir,

Contra a foice do tempo não terás defesa
Só a força de um filho o faz soltar a presa.

nº 14

por ____________________

Soneto nº 14

Not from the stars do I my judgment pluck;
And yet methinks I have astronomy,
But not to tell of good or evil luck,
Of plagues, of dearths, or seasons' quality;

Nor can I fortune to brief minutes tell,
Pointing to each his thunder, rain, and wind,
Or say with princes if it shall go well,
By oft predict that I in heaven find:

But from thine eyes my knowledge I derive,
And, constant stars, in them I read such art
As truth and beauty shall together thrive,
If from thyself to store thou wouldst convert;

Or else of thee this I prognosticate:
Thy end is truth's and beauty's doom and date.

Notas:

1. Judgment — julgamento, opinião; previsão do futuro.
1. Pluck — colho, retiro, obtenho.
2. Methinks = I think — eu acho, creio, acredito; na minha opinião.
2. I have astronomy — tenho o dom da/entendo de astrologia/astronomia.
4. Quality — tipo, qualidade, natureza, categoria, essência.
5. To brief minutes — com a precisão de minutos.
6. Pointing — apontando, distribuindo, designando, destinando, determinando, atribuindo.
12. Store — armazém, estoque, provisões (de sementes).
14. Doom and date — destino e fim, limite, condenação à morte.

nº 14

por ____________________

nº 14

por Lázaro RAMOS e Jorge FURTADO

Não colho julgamentos das estrelas
Embora saiba um pouco de astronomia
Notícias boas, más? Não sei prevê-las
Nem sei da fome que trarão os dias

Não sei o que virá em um momento
Não peçam, príncipes, palpites a granel
Não sei se virá chuva, raios, sol ou vento
Não tenho visões ao explorar o céu

Teus olhos dizem o que é ou não é
Fontes do que sei, olhos faróis, meus astros
É deles que virão beleza e fé
Se tu concederes dar-lhes lastro

Ou isto, ou teu futuro se deslinda:
Tua morte, o belo e o justo finda

nº 15

por ______________________________

Soneto nº 15

When I consider every thing that grows
Holds in perfection but a little moment,
That this huge stage presenteth nought but shows
Whereon the stars in secret influence comment;

When I perceive that men as plants increase,
Cheered and checked even by the self-same sky,
Vaunt in their youthful sap, at height decrease,
And wear their brave state out of memory;

Then the conceit of this inconstant stay
Sets you most rich in youth before my sight,
Where wasteful Time debateth with decay
To change your day of youth to sullied night,

And all in war with Time for love of you,
As he takes from you, I engraft you new.

Notas:

3. ***Presenteth = presents*** (ver Glossário).
4. ***Comment*** — assistem criticamente; controlam, decidem, forjam, inventam, planejam, projetam, arquitetam, tramam, urdem, maquinam.
6. ***Cheered*** — encorajados, estimulados; aplaudidos.
6. ***Checked*** — termo de botânica, agricultura e jardinagem. Impedidos, reprimidos, detidos, refreados, contidos, interrompidos, sustados, debelados, entravados; vaiados (por contraste com "aplaudidos").
7. ***Height decrease*** — o ponto de declínio depois de atingir o clímax/a plenitude/o ápice de crescimento e vigor.
8. ***Wear = wear out*** — consumir por inteiro.
8. ***Out of memory*** — até ser esquecido, até o completo esquecimento.
9. ***Conceit*** — conceito, ideia.
11. ***Debateth = debates*** (ver Glossário) — debate, discute, trama.
14. ***Engraft you new*** — te enxerto, te renovo/revivo ao te fazer um enxerto. Termo de jardinagem e também um trocadilho com ***engrave*** = gravar, cinzelar, imprimir (no poema, por exemplo).

nº 15

por Isa PESSÔA

Quando penso em tudo que cresce,
Perfeito por não mais que um instante
E no palco apenas sombra aparece
Do que estrelas velam naquele quadrante

Quando penso nos homens e nas plantas
Ceifados, nutridos, por um só firmamento
Desabrocham e no apogeu caem às tantas,
Anulando da memória o bravo momento

Ao pensar em vida tão inconstante,
Fica ainda mais jovem diante de mim
Perda do tempo em confronto cortante
A transformar seu dia na noite do fim

Por amor, a seu favor, tudo farei nessa guerra
O que o tempo tirar, lhe retornarei sem espera

nº 15

por **Fernanda TORRES**

Quando penso que toda perfeição
Só existe por um momento
E o que se passa nesse palco
É secreto escravo do firmamento

E vejo que os homens, como as plantas,
Vingam ou minguam graças ao céu
Desabrochados, no apogeu declinam
Despindo para sempre da memória o véu

Tal ideia de inconstante estado
De juventude te enche ao meu olhar
Onde o tempo de tudo faz passado
Transformando em noite suja o despertar

> Por amor a ti uma guerra contra o tempo eu travo
> Deixe que ele te roube a vida enquanto eu aqui te gravo.

nº 18

por ______________________________

Soneto nº 18

Shall I compare thee to a summer's day?
Thou art more lovely and more temperate:
Rough winds do shake the darling buds of May,
And summer's lease hath all too short a date:

Sometime too hot the eye of heaven shines,
And often is his gold complexion dimmed;
And every fair from fair sometime declines,
By chance, or nature's changing course untrimmed:

But thy eternal summer shall not fade,
Nor lose possession of that fair thou ow'st,
Nor shall death brag thou wander'st in his shade,
When in eternal lines to time thou grow'st;

So long as men can breathe, or eyes can see,
So long lives this, and this gives life to thee.

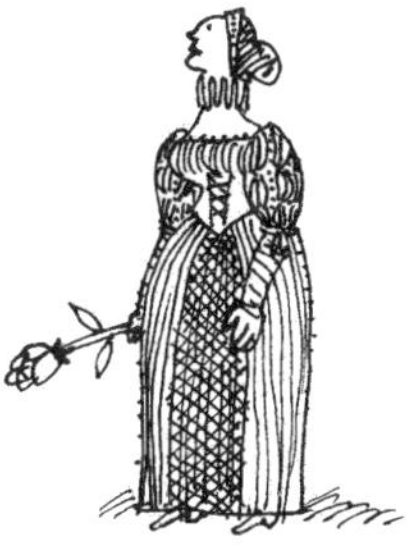

Notas:

1, 2, 9. ***Thee, thou, thy*** — ti, tu, teu (ver Glossário).
2. ***Art = are*** (ver Glossário).
4. ***Lease*** — contrato de distribuição de quinhões/cotas/porções/partes com tempo determinado para acabar.
7. ***Every fair*** — toda a beleza, tudo o que é belo, todas as coisas belas/bonitas/lindas.
7. ***From fair*** — comparada à beleza de antes.
10. ***Ow'st = owe*** — possui(s), tem(tens) (ver Glossário, também para ***wander'st*** [11] e ***grow'st*** [12]).
12. ***To time*** — até o final dos tempos, para sempre; acompanhando/junto com o tempo, à medida que o tempo passa.

nº 19

por ______________________________

Soneto nº 19

Devouring Time, blunt thou the lion's paws,
And make the earth devour her own sweet brood;
Pluck the keen teeth from the fierce tiger's jaws,
And burn the long-lived phoenix in her blood;

Make glad and sorry seasons as thou fleet'st,
And do whate'er thou wilt, swift-footed Time,
To the wide world and all her fading sweets;
But I forbid thee one most heinous crime:

O! carve not with thy hours my love's fair brow,
Nor draw no lines there with thine antique pen;
Him in thy course untainted do allow
For beauty's pattern to succeeding men.

Yet, do thy worst old Time: despite thy wrong,
My love shall in my verse ever live young.

Notas:

2. ***Brood*** — filhos, filhotes; coisas terrenas, tudo que existe sobre a Terra.
5. ***Fleet'st* = *fleet*** (ver Glossário) — voa(s), passa(s) rápido.
6. ***Wilt* = *will*** (ver Glossário) — que queira(s)/quiser(es), deseja(is), desejar(es).
10. ***Antique*** — não apenas "antiga(o), velha(o)", mas também "que envelhece/causa envelhecimento", portanto "destrutivo, que destrói". E também = ***antic*** — bufão, brincalhão, que prega peças, louco, absurdo, extravagante, caprichoso/cheio de caprichos.
11. ***Untainted*** — não contaminado/manchado/marcado/estragado/ferido/prejudicado, intocado (por ti, o Tempo).

nº 19

por ______________________________

nº 19

por Fernanda e Mariana VERISSIMO

Tempo devorador, desgasta as garras do leão,
Deixa tuas sequelas.
Faz a terra devorar a própria vida,
Que não sobre nada dela.
Arranca os dentes da feroz boca do tigre,
Deixa-o banguela.
E queima a eterna fênix em seu sangue,
À cabidela.
Faz passarem rápidas as estações boas e as tristes,
Prolonga o inverno, encurta a primavera
E faz o que bem quiser, Tempo traiçoeiro,
És o autor dessa novela.
Trama o mundo com alegrias passageiras,
Prende os mocinhos, deflora as donzelas.
Mas te proíbo o crime mais terrível:
— Ah, agora é que são elas!
Não esculpe com as horas a doce fronte do meu amor,
Vês que feições tão belas?
Nem ali desenha linhas com tua pena antiga,
Rugas, como pequenas ruelas.
Se tua passagem nele não deixa nenhuma marca,
Nem uma mazela,
O molde de sua beleza passará aos homens que virão —
Como o de uma Miss Venezuela.
Mas faz o teu pior, Tempo velho: apesar dos teus erros
Não serás o último que ri
Pois meu amor viverá sempre jovem em meus versos
Ou que o valha um bisturi!

nº 22

por __________________________

Soneto nº 22

My glass shall not persuade me I am old,
So long as youth and thou are of one date;
But when in thee time's furrows I behold,
Then look I death my days should expiate.

For all that beauty that doth cover thee
Is but the seemly raiment of my heart,
Which in thy breast doth live, as thine in me:
How can I then be elder than thou art?

O! therefore love, be of thyself so wary
As I, not for myself, but for thee will;
Bearing thy heart, which I will keep so chary
As tender nurse her babe from faring ill.

   Presume not on thy heart when mine is slain;
   Thou gav'st me thine not to give back again.

Notas:

1. Glass — espelho.
4. Look I — eu prevejo, antecipo, imagino.
6. Seemly — adequado, de bom gosto, que cai/fica bem.
6. Raiment — roupa, roupagem, traje, vestimenta, adorno.
8. Art = are — (ver Glossário).
12. From faring ill — (proteger) do mal/do sofrimento; para que não acabe mal, dê errado. O contrário de *fare well* ("vá/chegue bem a um destino", "faça/tenha uma boa viagem", "que tudo dê certo/corra bem").

nº 22

por Julia Anjos FURTADO

O espelho não dirá que eu envelheço,
Se a tua juventude me disser o oposto;
Mas sinto a vida longe do começo,
Ao ver o tempo marcar teu rosto.

Pois toda a beleza que te veste
Não é mais que a roupa do meu coração,
Que a ti cedi, como o teu tu me deste:
Como ser de outra geração?

Amor, tenha cuidado contigo
Eu, não por mim, mas por ti terei;
Velo teu coração de qualquer perigo
Tal ama zela o bebê de um rei.

Com o teu coração não contes quando o meu morrer;
Tu me deste o teu, e não vou devolver.

nº 22

***por* Giba ASSIS BRASIL**

Não tenho idade, desconfio dos espelhos
Porque te vejo ainda jovem e gostosa.
E quando o tempo encanecer os teus pentelhos
Quero que a morte dê poesia à minha prosa.

Pois a beleza que em teu rosto se percebe
É consequência do desejo que me dás
E em que teu corpo, como o meu no teu, se embebe.
Então não posso estar mais velho do que estás.

Portanto eu peço: meu amor, toma cuidado,
Assim como eu, mais do que a mim, a ti atento,
Levando em mim teu ser inteiro impregnado
E absorvendo teu gozo e teu sofrimento.

Nem pense em me deixar sem merecer castigo:
Se o meu tesão morrer, o teu se vai comigo.

nº 23

por ______________________________

Soneto nº 23

As an unperfect actor on the stage,
Who with his fear is put beside his part,
Or some fierce thing replete with too much rage,
Whose strength's abundance weakens his own heart;

So I, for fear of trust, forget to say
The perfect ceremony of love's rite,
And in mine own love's strength seem to decay,
O'ercharg'd with burthen of mine own love's might.

O! let my books be then the eloquence
And dumb presagers of my speaking breast,
Who plead for love, and look for recompense,
More than that tongue that more hath more express'd.

O! learn to read what silent love hath writ:
To hear with eyes belongs to love's fine wit.

Notas:

1. Unperfect — que ainda não está pronto, que ainda não decorou seu texto.
2. Is put beside his part — esquece seu papel, sua fala.
5. Fear of trust — falta de confiança; medo de não ser acreditado.
9. Books — escritos, poemas, este soneto. Em algumas versões, em vez de ***books*** encontra-se ***looks***. Neste caso, meus olhos, ou minha aparência, meu corpo, minha expressão corporal.

nº 23

por ______________________

nº 23
por **Aderbal FREIRE Filho**

Assim como o ator inseguro sobre o palco
se sente falso e vê que foge a deixa, a fala
ou em fúria, um ser um nada, o ódio recalco
e muito e tanto que meu peito explode e cala

Assim, diante de ti, vou falar, não sei esqueço
busco os passos do amor, do amor os rituais,
e com a força do próprio amor me enfraqueço
esmagado meu amor-próprio ainda mais.

Oh, cantem meus versos seu eloquente canto
pregoeiros mudos do meu falante peito
implorem recompensa amor e tanto quanto
a língua lenta tanto canto viu desfeito.

Oh aprende a ler o que o amor sem voz escreve
o amor atento ouve com olhos – breve, leve.

nº 23

por Fernando MEIRELLES

Como um ator imperfeito em cena
Que por medo não entra em seu papel
Ou alguém que sente raiva de dar pena
e despacha o coração pro beleléu.

É por pura calhordice que me passa
O perfeito rito cerimonioso do amor
E o poder deste amor perde sua graça
Curvado pelo peso do vigor.

Oh! Que meus livros sejam a eloquência
Mensageiros mudos de um peito tagarela
Que implora amor e busca recompensa
Mais que a língua, incansável sentinela.

Aprenda a ler este amor silencioso
Ouvir com os olhos é um dom precioso.

nº 23

por Clarice FALCÃO

Assim como um pobre ator canastrão
Perde o texto e fica paralisado
Ou como um tal metido a valentão
Se envenena de tão irritado

Eu, suando as palmas, tento e não consigo
Lembrar nem mesmo o que eu acho do amor
Negócio que está sempre comigo
E me destrói igual triturador

Que o meu olhar diga mais do que eu disse
Sobre burrices que o meu peito sinta
Porque meu peito adora uma burrice
Mas é melhor burrice mais sucinta

Quem elogia os tagarelas mente
Ouvir com os olhos é bem mais coerente

nº 24

por ______________________________

Soneto nº 24

Mine eye hath play'd the painter and hath steel'd
Thy beauty's form in table of my heart;
My body is the frame wherein 'tis held,
And perspective it is best painter's art.

For through the painter must you see his skill
To find where your true image pictur'd lies,
Which in my bosom's shop is hanging still,
That hath his windows glazed with thine eyes.

Now see what good turns eyes for eyes have done:
Mine eyes have drawn thy shape, and thine for me
Are windows to my breast, where-through the sun
Delights to peep, to gaze therein on thee.

Yet eyes this cunning want to grace their art,
They draw but what they see, know not the heart.

Notas:

1. Steel'd — gravado, desenhado, esculpido, impresso, registrado permanentemente. Algumas versões mostram ***stelled*** (retratado, pintado, mas também colocado).
2. Table — tabuleta, caderno, quadro, qualquer superfície para escrita, desenho ou pintura, uma folha em branco, uma tela.
4. Perspective — tanto desenho em perspectiva quanto a habilidade de reproduzir a realidade com perfeição.
7. Shop — oficina, ateliê, estúdio.
7. Still — parado, imóvel, fixo; ainda e sempre, para sempre, permanentemente.
9. Good turns — bom acordo, troca vantajosa para os dois lados.
13. This cunning want — carece, não tem, lhe falta esta habilidade, aptidão, talento.

nº 24

por ______________________________

nº 24

***por* Juarez Guedes CRUZ**

Meus olhos desenharam, bons pintores,
tuas formas na tela do meu peito.
E meu corpo foi moldura dessas cores
onde, com arte, fui pintor perfeito.

E no quadro verás a habilidade
com que a tua imagem foi pintada.
E o quanto, da beleza e da verdade,
toda a luz foi muito bem guardada.

Teias nossos olhares tramaram:
os meus desenharam tua imagem;
os teus, janelas, iluminaram
os meus apreendendo tal mensagem.

Mas isso é com a aparência pois, em vão,
a imagem bate ao peito: não chega ao coração!

nº 29

por ______________________________

Soneto nº 29

When in disgrace with fortune and men's eyes
I all alone beweep my outcast state,
And trouble deaf heaven with my bootless cries,
And look upon myself, and curse my fate,

Wishing me like to one more rich in hope,
Featured like him, like him with friends possessed,
Desiring this man's art, and that man's scope,
With what I most enjoy contented least;

Yet in these thoughts my self almost despising,
Haply I think on thee, and then my state,
Like to the lark at break of day arising
From sullen earth, sings hymns at heaven's gate;

For thy sweet love remembered such wealth brings
That then I scorn to change my state with kings.

Notas:

*2. **Beweep*** — choro, lamento; fico a chorar, a lamentar.
*6. **Like him, like him*** — como esse outro ***more rich in hope*** [5].
*7. **Art*** — arte, talento, habilidade, dom.
*7. **Scope*** — série/lista/quantidade/amplitude de capacidades/habilidades, oportunidades; independência.

nº 35

por ____________________________

Soneto nº 35

No more be grieved at that which thou hast done:
Roses have thorns, and silver fountains mud;
Clouds and eclipses stain both moon and sun,
And loathsome canker lives in sweetest bud.

All men make faults, and even I in this,
Authorizing thy trespass with compare,
Myself corrupting, salving thy amiss,
Excusing thy sins more than thy sins are;

For to thy sensual fault I bring in sense,
Thy adverse party is thy advocate,
And 'gainst myself a lawful plea commence:
Such civil war is in my love and hate,

That I an accessary needs must be
To that sweet thief which sourly robs from me.

Notas:

6. Trespass — transgressão, erro, falta, pecado, ofensa. Como na oração do Pai-Nosso: "Perdoai as nossas ofensas..." = ***Lord's Prayer***: "***Forgive us our trespasses...***"
13. Accessary — cúmplice ou mandante de um crime.
13. Needs must be — não posso evitar/tenho de ser, sou compelido/obrigado/forçado a ser.

nº 35

por ______________________________

nº 35

por **Arthur de FARIA**

Nunca mais tristeza pelos erros cometidos:
Rosas tem espinhos, e no lodo nasce a prata.
Eclipses e nuvens mancham igual a sol e lua,
E da morte de sua flor é que o parasita trata.

Todo mundo erra, mas eu sou mestre do ofício!
Relaxa com tuas falhas: junto às minhas, são caprichos.
Me afundo em todo fosso, não és páreo pro meu vício,
Eu limpo a tua barra: sois vestal, eu sou o lixo.

Foi falha dos sentidos, muito fogo em minha chama.
Sou teu advogado, tua culpa, teu carrasco,
Eu mesmo me processo, me condeno, rolo à lama
E cúmplice culposo, de mim mesmo, finjo asco.

> Amor e ódio em mim guerras incivis combatem,
> Mas meus cães, ó doce ladra, te abanam rabo e latem.

nº 40

por ______________________________

Soneto nº 40

Take all my loves, my love, yea, take them all;
What hast thou then more than thou hadst before?
No love, my love, that thou mayst true love call;
All mine was thine before thou hadst this more.

Then, if for my love thou my love receivest,
I cannot blame thee, for my love thou usest;
But yet be blam'd, if thou thyself deceivest
By wilful taste of what thyself refusest.

I do forgive thy robbery, gentle thief,
Although thou steal thee all my poverty:
And yet, love knows it is a greater grief
To bear love's wrong than hate's known injury.

Lascivious grace, in whom all ill well shows,
Kill me with spites; yet we must not be foes.

Notas:

5. ***Receivest*** — recebes (também no sentido de receber favores sexuais); roubas, receptas.
7. ***Thyself*** — a ti mesmo. Em algumas versões, ***this self*** = "este eu" (o poeta), em oposição a:
8. ***Thyself*** — "teu eu", tu mesmo, a ti mesmo.
12. ***Wrong*** — um mau uso, um engano, uma traição.
12. ***Known*** — já conhecido, esperado, aberto, manifesto; intencional.
13. ***Ill well shows*** — o mau parece bom, o mal aparenta ser o bem, o mal tem boa aparência.

nº 40

por ______________________________

nº 40

por Liziane KUGLAND

Toma, meu amor, meus amores todos, sim!
O que tens tu que antes já não tiveste?
Não o amor, amor, que possas chamar assim;
Todo o meu foi teu, antes de teres este.

Se, por meu amor, meu amor recebeste,
A ti não culpo, pois meu amor usaste;
Mas és culpado se a ti enganaste
Por provar o gosto do que recusaste.

Teu roubo eu perdoo, meu ladrão gentil
Mesmo que leves toda a minha pobreza.
Embora o amor saiba que é mais hostil
A dor do amor traído que a da vileza.

Lasciva graça, em que o mal bem parece,
Mata-me, sem que nosso afeto cesse.

nº 46

por ___________________________

Soneto nº 46

Mine eye and heart are at a mortal war,
How to divide the conquest of thy sight;
Mine eye my heart thy picture's sight would bar,
My heart mine eye the freedom of that right.

My heart doth plead that thou in him dost lie,
A closet never pierc'd with crystal eyes;
But the defendant doth that plea deny,
And says in him thy fair appearance lies.

To 'cide this title is impannelled
A quest of thoughts, all tenants to the heart;
And by their verdict is determined
The clear eye's moiety and the dear heart's part:

As thus: mine eye's due is thine outward part,
And my heart's right, thine inward love of heart.

Notas:

*2. **Conquest*** — conquista; espólio, despojos de guerra.
*3. **Bar*** — barrar, impedir, proibir, também no sentido jurídico.
*4. **Right*** — direito, também como "direito legal de posse"; ***"freedom of that right"*** = livre exercício de tal direito.
*5. **Plead*** — pleiteia, alega, apela.
*9. **'Cide = decide*** — decidir, julgar, conciliar, solucionar, resolver o caso, dar o veredicto.
*9. **Title*** — ação legal, objeto da ação, título/direito legal de posse.
*9. **Impannelled = empanelled*** — convocado, formado, alistado, sorteado (termo que refere-se a um corpo de jurados).
*10. **Quest*** — júri, corpo de jurados.
*10. **All tenants to*** — todos tendenciosamente/fraudulentamente comprometidos com/do lado de.
*12. **Moiety, part*** — parte/porção/direito/quinhão que cabe a cada um.

nº 46

por ______________________________

nº 46

por Jorge FURTADO

Meu coração e olhos em mortal combate
Pretendem posse sobre a tua imagem
Ao coração, os olhos negam parte
Aos olhos, o coração veta passagem

Meu coração acusa que tu nele vives
Câmara por olhos nunca penetrada
A defesa contesta. Os olhos dizem
Que neles tua beleza tem morada

A decidir, um júri é convocado
Só de pensamentos, do coração amigos
E pelo seu veredicto é destinado
O joio aos olhos, ao coração o trigo

Herdam pois meus olhos o que te é externo
Meu coração recebe o teu amor eterno

nº 47

por ____________________

Soneto nº 47

Betwixt mine eye and heart a league is took,
And each doth good turns now unto the other:
When that mine eye is famish'd for a look,
Or heart in love with sighs himself doth smother,

With my love's picture then my eye doth feast
And to the painted banquet bids my heart;
Another time mine eye is my heart's guest
And in his thoughts of love doth share a part:

So, either by thy picture or my love,
Thyself away art present still with me;
For thou not farther than my thoughts canst move,
And I am still with them and they with thee;

Or, if they sleep, thy picture in my sight
Awakes my heart to heart's and eye's delight.

Notas:

1. Betwixt = ***between*** — entre.
1. A league is took — um acordo, um pacto, uma aliança é/está/foi feito(a)/estabelecido (a)/efetuado(a).
2. Good turns — bom acordo, troca vantajosa para os dois lados.
4. Doth smother — sufoca; arde em fogo lento. ***doth*** = ***does*** (ver Glossário).
10, 12. Still — (para) sempre, constantemente; mesmo assim, apesar de tudo; parado, imóvel, fixo (em um retrato, por exemplo). Além disso, ***still*** no verso 12 continua a ideia de ***canst move*** no verso 11.

nº 47

por ______________________

nº 47

***por* Beatriz VIÉGAS-FARIA**

Têm um pacto em mim os olhos e o coração,
Que agora entre si trocam gentilezas mil
Quando meus olhos têm fome de uma visão
Ou se sufoca em ais meu coração febril.

Aos meus olhos, a imagem do meu bem é festa,
E a ela convidam meu coração festeiro;
Depois, meu coração aos olhos dá uma brecha:
Com eles divide amorosos devaneios.

Pela tua imagem ou por meu sentimento,
Tu distante retornas sempre a mim comigo;
Nunca irás pra mais longe que os meus pensamentos:
Estou sempre com eles, e eles são contigo.

Se dormem, tua imagem na minha visão
Me acorda pro prazer de olhos e coração.

nº 66

por ______________________________

Soneto nº 66

Tired with all these, for restful death I cry:
As, to behold desert a beggar born,
And needy nothing trimm'd in jollity,
And purest faith unhappily forsworn,

And gilded honour shamefully misplac'd,
And maiden virtue rudely strumpeted,
And right perfection wrongfully disgrac'd,
And strength by limping sway disabled

And art made tongue-tied by authority,
And folly, doctor-like, controlling skill,
And simple truth miscall'd simplicity,
And captive good attending captain ill.

Tir'd with all these, from these would I be gone,
Save that, to die, I leave my love alone.

Notas:

2. Desert — merecedor(a), pessoa de valor.
3. Needy nothing — o contrário de ***desert***: um nada, um ninguém, uma pessoa sem valor, sem qualidades.
3. Trimm'd in jollity — vestido, adornado, trajado ricamente/finamente, coberto de roupas/joias/adornos finos.
4. Forsworn — traída, repudiada, enganada.
6. Strumpeted — prostituída, chamada de prostituta, caluniada, desgraçada, malfalada.
8. Limping — má, aleijada, fraca, deformada, doente (por incompetência ou com o intuito de corromper ou sabotar).
8. *Sway* — influência; liderança.
10. Folly, doctor-like — a loucura/estupidez/ignorância se fazendo de/se fazendo passar por/como um doutor (tanto médico quanto alguém entendido, expert, especialista).
10. Skill — talento verdadeiro, merecido, e também a habilidade médica.
11. Simplicity — burrice, estupidez, idiotice, ingenuidade, o que é simplório e não simples.
12. Attending — servindo, sendo empregado/servo de.

nº 66

por Jorge FURTADO

Farto de tudo, clamo a paz da morte
Ao ver quem de valor penar em vida
E os mais inúteis com riqueza e sorte
E a fé mais pura triste ao ser traída

E altas honras a quem vale nada
E a virtude virginal prostituída
E a plena perfeição caluniada
E a força, vacilante, enfraquecida

E o déspota calar a voz da arte
E o néscio, feito um sábio, decidindo
E o todo, simples, tido como parte
E o bom a mau patrão servindo

Farto de tudo, penso, parto sem dor
Mas, se partir, deixo só o meu amor

nº 66

por Jorge FURTADO (versão glaucomatosiana)

De saco cheio, mando tudo às picas
Ao ver só gente boa se ferrando
E as mais escrotas rindo à toa, ricas
E as crentes, puras, só no cu levando

E prêmios dados a um monte de bostas
E virgens puras pagando boquetes
E a perfeição xingada pelas costas
E os fortões entubando croquetes

E a cultura virar supositório
E a chusma de imbecis cagando regras
O bom e simples tido por simplório
O mal triunfa e o bem toma nas pregas

De saco cheio, vão todos se fuder!
Só o que eu não posso é meu amor perder.

nº 66

por ______________________________

nº 66

por **Edu OLIVEIRA**

Cansado de tudo, pela morte, eu pediria,
De ver no desamparo a bem-nascida,
E ver um inútil se babando de alegria,
E de ter a fé humilhada e traída,

E as honras concedidas ao otário,
E a virtude toscamente estuprada,
E a perfeição virada ao contrário,
E do ânimo, uma mancha borrada,

E o reizinho ofuscando a arte,
E um imbecil tomando grandes decisões,
E a verdade tocada sempre à parte,
E o bom empregado servindo a sujos patrões:

Cansado mesmo, zarparia sem dor.
Mas, se assim me for, deixarei só meu doce amor.

nº 71

por ______________________________

Soneto nº 71

No longer mourn for me when I am dead
Than you shall hear the surly sullen bell
Give warning to the world that I am fled
From this vile world, with vilest worms to dwell:

Nay, if you read this line, remember not
The hand that writ it, for I love you so
That I in your sweet thoughts would be forgot,
If thinking on me then should make you woe.

O! if, I say, you look upon this verse,
When I, perhaps, compounded am with clay,
Do not so much as my poor name rehearse,
But let your love even with my life decay;

Lest the wise world should look into your moan,
And mock you with me after I am gone.

Notas:

5. Nay — não.
11. Rehearse — repetir, pronunciar.
14. Mock you with me — debochar, fazer troça de nós dois, de ti assim como fizeram comigo, por minha causa.

nº 71

***por* Ivo BARROSO**

Não lamentes por mim quando eu morrer
Senão enquanto o surdo sino diz
Ao mundo vil que o deixo e vou viver
Em meio aos vermes que ainda são mais vis.

Nem te recorde o verso comovido
A mão que o escreveu, pois te amo tanto
Que antes achar em tua mente olvido
Que ser lembrado e te causar o pranto.

Ah, peço-te que ao leres esta queixa
Quando for minha carne consumida,
Não te refiras ao meu nome e deixa
Que morra o teu amor com minha vida.

Não veja o mundo e zombe desta dor
Por minha causa, quando morto eu for.

nº 71

por Wagner MOURA

Não chore mais por mim; empacotei
Vai ouvir que o sino escroto grita
Dando aviso a todos que eu vazei
Desse mundo vil que o verme habita

Nem ao ler este verso vá lembrar
Da mão que o escreveu, te amo tanto
Quem nem em teus doces sonhos quero estar,
Pensar em mim só te trará o pranto

E se (eu digo) você vir essa fala
Quando eu, quem sabe já lama for
Não vá gritar meu nome, cala
Que com minha vida tombe o teu amor

E que o mundo não vigie o choro teu
Te sacaneará. E eu já morri. Fudeu.

***nº** 77*

por

Soneto nº 77

Thy glass will show thee how thy beauties wear,
Thy dial how thy precious minutes waste;
The vacant leaves thy mind's imprint will bear,
And of this book this learning mayst thou taste.

The wrinkles which thy glass will truly show
Of mouthed graves will give thee memory;
Thou by thy dial's shady stealth mayst know
Time's thievish progress to eternity.

Look what thy memory cannot contain,
Commit to these waste blanks, and thou shalt find
Those children nursed, deliver'd from thy brain,
To take a new acquaintance of thy mind.

These offices, so oft as thou wilt look,
Shall profit thee and much enrich thy book.

Notas:

1. Glass — espelho.
1. Wear — passam, acabam, exaurem-se, gastam-se, consomem-se, decaem, envelhecem.
2, 7. Dial — relógio, mostrador do relógio.
3. Vacant leaves — páginas/folhas em branco.
4, 7. Mayst = may (ver Glossário).
4. Learning — pensamentos, ideias, (que poderão resultar em) aprendizado, sabedoria.
4. Taste — provar, experimentar, aproveitar, pensar/ponderar sobre.
6. Mouthed — abertas, "com a boca aberta" (esperando para "devorar" o cadáver).
7. Stealth — movimento/ação imperceptível, furtivo(a), silencioso(a) (como de um ladrão).
9. Look what — tudo o que, seja o que for que, o que seja que, qualquer/quaisquer coisa(s) que.
10. Commit to — escreva em, anote em, confie a.
10. Shalt = shall (ver Glossário) — Deverá, irá, há de.
13. Offices — tarefas, deveres, obrigações.
13. So oft as — sempre que, cada/toda vez que, com a frequência que.
13. Wilt = will (ver Glossário).

***nº** 77*

por ______________________________

nº 77

por Paula TAITELBAUM

Tua garrafa derrama tua beleza pelo gargalo,
Transborda em gotas as horas desperdiçadas;
Essas que, perdidas, são como sangue no ralo,
Que se esvaem feito brasas apagadas.

Só tuas rugas restam no fundo do vidro vazio
E elas não alcançam nem a boca da memória;
Nosso rótulo foi rasgado e levado pelo rio;
Tragado na covarde correnteza da história.

Veja, tua memória já não contém mesmo nada,
Não mais te embriaga, nem tua sede repele
Não sacia teus filhos ao longo da estrada
E a miséria do espírito secou tua pele.

Pelas paredes, sobe um caco de mulher
Cuja vida não vale um livro de bolso sequer.

nº 102

por ______________________________

Soneto nº 102

My love is strengthened, though more weak in seeming;
I love not less, though less the show appear:
That love is merchandized whose rich esteeming
The owner's tongue doth publish everywhere.

Our love was new, and then but in the spring,
When I was wont to greet it with my lays,
As Philomel in summer's front doth sing
And stops his pipe in growth of riper days:

Not that the summer is less pleasant now
Than when her mournful hymns did hush the night,
But that wild music burthens every bough,
And sweets grown common lose their dear delight.

Therefore, like her, I sometime hold my tongue:
Because I would not dull you with my song.

Notas:

3. ***Rich esteeming*** — precioso, de alto valor, preço alto, superestimado.
4, 7. ***Doth = does*** (ver Glossário).
6. ***Lays*** — canções, versos, poemas.
7. ***Philomel*** — rouxinol.
11. ***Wild*** — selvagem, no mau sentido, isto é, inculta, desarmônica, desordenada, mal-executada, barulhenta, em oposição à boa, doce e harmoniosa música.
11. ***Burthens*** — enche de, carrega (e, de tão carregado, com o peso), enverga, curva. E também no sentido de "coro, refrão".
12. ***Dear delight*** — prazer precioso porque raro.
14. ***Dull*** — aborrecer, enfastiar, entediar, fazer enjoar (mesmo de uma coisa boa, porque em demasia); vulgarizar, apagar o brilho de algo/alguém pelo excesso de elogios.

nº 102

por ______________________________

nº 102

por **Lisa Gertum BECKER**

Mais forte é meu amor, ainda que mais fraco na aparência:
Não amo menos, ainda que menos transpareça;
Perde o valor o amor que tem suas riquezas,
Pela língua de seu dono aos quatro ventos proclamadas.

Era novo nosso amor, ainda então na primavera,
Quando eu com meus poemas o cantava
Como canta o rouxinol à chegada do verão,
E cala sua voz com a vinda do outono:

Não porque o verão não tenha agora tanto encanto
Como quando seus tristes hinos a noite silenciavam,
Mas porque em cada galho uma música selvagem pesa,
E doces quando corriqueiros perdem seu precioso gosto.

Por isso, como ele, eu às vezes calo:
Porque prefiro não fazer-te aborrecida com meu canto.

nº 105

por ____________________

Soneto nº 105

Let not my love be called idolatry,
Nor my belovèd as an idol show,
Since all alike my songs and praises be
To one, of one, still such, and ever so.

Kind is my love today, tomorrow kind,
Still constant in a wondrous excellence;
Therefore my verse, to constancy confined,
One thing expressing, leaves out difference.

"Fair, kind and true" is all my argument,
"Fair, kind and true", varying to other words;
And in this change is my invention spent,
Three themes in one, which wondrous scope affords.

Fair, kind and true have often lived alone,
Which three till now never kept seat in one.

Notas:

2. ***Show*** — parecer
4. ***One*** — uma única pessoa, um(a) único(a) deus(a).
6. ***Still*** — ainda e sempre; também "imutável, imóvel, inalterável, inalterado", enfatizando ***constant***.
6. ***Constant*** — constante, inalterado e fiel.
8. ***Difference*** — tanto aludindo à diferença de discurso, que nunca mudará, quanto a desavenças, divergências. ***Leaves out difference***: deixa de lado tanto as variações quanto as desavenças.
12. ***Three themes in one*** — três temas, palavras, elogios, que se aplicam a uma única pessoa: uma alusão à Santíssima Trindade, "Pai, Filho e Espírito Santo" em um único ser.
12. ***Scope*** — extensão, espaço; oportunidade.
14. ***Seat*** — lugar, casa, morada, domicílio, propriedade.

nº 105

por ______________________________

nº 105

por Pedro FURTADO

Não deixe o meu amor ser chamado idolatria,
Nem que minha amada se comporte como superstar,
Já que meus elogios e canções não faria
A qualquer uma, são só para ela, e para durar

O meu amor hoje é bom, é bom outro dia,
Amor constante, admirável qualidade,
Por isso é que meu verso nunca varia,
Tudo que eu diga é a mais pura verdade.

"Bom, justo e verdadeiro", é tudo o que falo,
"Bom, justo e verdadeiro", ou outra palavra,
Mas se mudá-las, meu verso eu calo,
Três coelhos numa cajadada.

Bom, justo e verdadeiro, viveram separados,
E só agora, na mesma morada, acomodados.

nº 113

por ______________________________

Soneto nº 113

Since I left you, mine eye is in my mind,
And that which governs me to go about
Doth part his function and is partly blind,
Seems seeing, but effectually is out;

For it no form delivers to the heart
Of bird, of flower, or shape which it doth latch;
Of his quick objects hath the mind no part,
Nor his own vision holds what it doth catch;

For if it see the rud'st or gentlest sight,
The most sweet favor or deformed'st creature,
The mountain or the sea, the day or night,
The crow or dove, it shapes them to your feature.

Incapable of more, replete with you,
My most true mind thus maketh mine eye untrue.

Notas:

3, 6, 8. Doth = does (ver Glossário).
3. Doth part his functions — tanto "faz (uma) parte de suas funções" (parcialmente), quanto "abandona, desvia-se de suas funções" (não as faz).
4. Out — fora (de seu lugar, de suas funções); sem funcionar; apagado, sem luz.
7. Quick — furtivos, ligeiros, que passam rapidamente; vivos.
10. Favor — rosto; forma; aparência.

nº 113

por ______________________

nº 113

por Pedro FURTADO

Desde que te deixei, meus olhos na mente ficaram,
E estes que governam meu andar no chão
Em parte funcionam e em parte pifaram,
Parecem ver, mas não veem mais não;

Pois ao coração não transmitem forma alguma
De pássaro, de flor, ou qualquer figuração;
Coisa ligeira pra mente é coisa nenhuma,
Nem a visão lê mais o que as coisas são;

E se vê uma paisagem bela ou cafona,
O rosto mais bonito ou o mais tosco,
A montanha e o mar, Paris, Barcelona,
O corvo, a pomba, tudo vira teu rosto.

Sem poder mais, tomado por você,
Minha mente verdadeira e meu olho que não vê.

nº 116

por ________________________

Soneto nº 116

Let me not to the marriage of true minds
Admit impediments. Love is not love
Which alters when it alteration finds,
Or bends with the remover to remove:

O, no! it is an ever-fixed mark,
That looks on tempests and is never shaken;
It is the star to every wandering bark,
Whose worth's unknown, although his height be taken.

Love's not Time's fool, though rosy lips and cheeks
Within his bending sickle's compass come;
Love alters not with his brief hours and weeks,
But bears it out even to the edge of doom.

If this be error, and upon me proved,
I never writ, nor no man ever loved.

Notas:

1. Let me not — não irei, jamais iria, espero nunca, longe de mim (admitir, conceder, aceitar – verso 2).
5. Mark — farol, luz, sinal de navegação para guiar barcos na escuridão, boia, baliza.
7. Star — estrela-guia, estrela polar.
8. Taken — medida, calculada.
10. Bending — curva, curvada; que curva, que faz algo se curvar.
10. Compass — circunferência, capacidade, "área de ação", escopo.
12. To the edge of doom — até o fim dos tempos, até a morte, até o dia do juízo final, para sempre, eternamente.

nº 121

por ______________________________

Soneto nº 121

'Tis better to be vile than vile esteemed,
When not to be receives reproach of being;
And the just pleasure lost, which is so deemed
Not by our feeling, but by others' seeing:

For why should others' false adulterate eyes
Give salutation to my sportive blood?
Or on my frailties why are frailer spies,
Which in their wills count bad what I think good?

No, I am that I am, and they that level
At my abuses reckon up their own:
I may be straight though they themselves be bevel;
By their rank thoughts, my deeds must not be shown;

Unless this general evil they maintain,
All men are bad and in their badness reign.

Notas:

1. 'Tis = It is — é.
6. Give salutation — saudar; aceitar, aprovar, apoiar.
6. Sportive blood — espírito esportivo, bom humor, alto-astral, mas também lascivo, libidinoso, dado a aventuras sexuais, que tem energia sexual.
8. In their wills — intencionalmente; por teimosia; insistentemente; na sua opinião, de acordo com seu conjunto de valores.
9-10. Level at — criticam, atacam, miram em, tentam atingir.
12. Rank — baixos, maldosos, sujos, desonestos, lascivos, nojentos.

nº 121

por ______________________________

nº 121

por Jorge FURTADO

É melhor ser mau do que por mau ser tido
Quando, não sendo, paga-se por ser
Perde o vil prazer de mau ter sido
Quem mal não sente e mau é dado a ver

Por acaso os normais, de olhos opacos,
Notariam brilho em meus excessos?
A fraqueza apontada pelos fracos
Que mal terminam onde eu bem começo?

Não. Sou o que sou. Se me condenam,
É pelos crimes dos quais são suspeitos
O que eu construo reto eles empenam
Em mentes tortas não cabem meus feitos

A menos que o demônio imponha a crença
De que todos são maus e que a maldade vença

nº 122

por ______________________________

Soneto nº 122

Thy gift, thy tables, are within my brain
Full charactered with lasting memory,
Which shall above that idle rank remain
Beyond all date, even to eternity;

Or, at the least, so long brain and heart
Have faculty by nature to subsist,
Till each to razed oblivion yield his part
Of thee, thy record never can be missed.

That poor retention could not so much hold,
Nor need I tallies thy dear love to score;
Therefore to give them from me was I bold,
To trust those tables that receive thee more.

To keep an adjunct to remember thee
Were to import forgetfulness in me.

Notas:

1. Tables — cadernos, blocos, cadernetas, folhas de anotações, tabuletas, lâminas para escrever, do tipo que se carregava para eventualmente anotar pensamentos, ideias, aforismos etc.
2. Charactered — em caracteres, isto é, escritas, anotadas, registradas.
3. Idle rank — lista, conjunto de coisas sem importância, menores, inferiores, banais, triviais.
6. Have faculty by nature — foram feitos dessa maneira pela natureza, tem tal característica, é de sua natureza
7. Razed — arrasador, que tudo destrói, vence e leva ao chão.
10. Tallies — marcas, registros, resultados, ajuste de contas, cálculos, anotações, lembretes (para não esquecer ou para estabelecer um compromisso, um contrato, uma dívida).
11. Bold — confiante, seguro, certo/com a certeza de (que).
12. Those tables — os outros cadernos, as outras folhas, ou seja, a memória, o pensamento, a mente etc.
13. Adjunct — acessório, artifício, amparo artificial (como uma bengala, óculos etc.); lembrete, anotação para ajudar a lembrar.

nº 122

por ______________________________

nº 122

por **Pedro FURTADO**

Teus presentes, teus diários, na minha cabeça,
Bem gravados na memória,
Hão de sobreviver às besteiras que eu esqueça,
Acima das datas e da história;

Ou, até que coração e mente,
Sigam, por natureza, em comunhão,
E que te olvide toda a gente,
Teu legado não apagarão.

Pobres lembranças não guardam tanto,
Nem quero registros do teu amor;
Por isso, ousei deixá-las de canto,
Fiar na memória é mais revelador.

Guardar um objeto para te reconhecer,
É admitir que um dia eu possa esquecer.

nº 130

por ______________________________

Soneto nº 130

My mistress' eyes are nothing like the sun;
Coral is far more red than her lips' red;
If snow be white, why then her breasts are dun;
If hair be wires, black wires grow on her head.

I have seen roses damasked, red and white,
But no such roses see I in her cheeks;
And in some perfumes is there more delight
Than in the breath that from my mistress reeks.

I love to hear her speak, yet well I know
That music hath a far more pleasing sound:
I grant I never saw a goddess go;
My mistress, when she walks, she treads on ground.

And yet, by heaven, I think my love as rare
As any she belied with false compare.

Notas:

1. Mistress — não necessariamente amante, mas minha amada, minha dona.
4. Wires — fios dourados, de ouro.
5. Damask'd — cor-de-rosas, rosadas.
8. Reeks — exala, emana, mas não com o sentido atual de cheiro desagradável.
11. Go — andar, passar.
14. Any she — qualquer uma, qualquer mulher.
14. Belied — mal/falsamente/injustamente retratada, descrita, falada.

nº 130

por ______________________________

Glossário

Pronomes

Thou: Tu
Thee: Ti/Te/A Ti.
Thy/Thine: Teu/Tua(s). ***Thy*** é seguido por (palavra que inicia com som de) consoante, e ***Thine***, por vogal.

Forma de tratamento usada tanto para dirigir-se aos hierarquicamente inferiores, como empregados, quanto para falar com familiares e amigos em situações informais. Também usa-se com filhos e para dirigir-se a Deus, ao Amor, a Cupido.

You: Você(s), o/a(s) senhor(as).
Your/Yours: Seu/Sua(s).
Um pouco mais formal e respeitoso, para falar-se com pessoas mais velhas ou de posição hierárquica superior, ou, ainda, para estabelecer uma certa distância.

Ye: Plural de ***you***, mas raramente usado, a não ser quando dirigindo-se a muitas pessoas, como os leitores, por exemplo.

No entanto, às vezes a escolha do pronome é determinada pelo som e para evitar repetições: o que soar melhor naquele verso, independentemente de com quem se fala.

Os demais pronomes são os mesmos ***I (Me, My, Mine), She (Her, Hers), He (Him, His), It (Its), We (Us, Our, Ours),*** e ***They (Them, Their, Theirs).***
Porém, algumas entidades, como o Tempo, o Amor, a Morte, o Coração são ora chamados de ***It,*** ora de ***She*** ou ***He.***

Conjugações Verbais

Tanto no presente quanto no passado, os verbos conjugados com a segunda pessoa (***Thou/You***) terminam com “rt” ou “st”. Observe que os verbos no passado já tinham uma forma parecida com os atuais, só que acrescidos da terminação de segunda pessoa.
Assim:

You are > Thou art
You were > Thou wert
You have > Thou hast
You had > Thou hadst

Quando conjugados com a terceira pessoa do singular (***He, She, It***) no presente, os verbos terminam com “th” em vez do “s”, com exceção de “Is”, que é igual.
Assim:

She is = She is
She has > She hath
He sees> He seeth
It does > It doth

Bibliografia

HOLLANDER, John (Yale University) The Sonnets. In: *The Complete Pelican — Shakespeare*. Edição e notas por Stephen Orgel e A.R. Braunmuller. Londres, Penguin Books, 2002.

SHAKESPEARE, William. *The Complete Pelican — Shakespeare*. Edição e notas por Stephen Orgel e A.R. Braunmuller. Londres, Penguin Books, 2002.

SHAKESPEARE, W. *42 Sonetos*. Organização e tradução: Ivo Barroso. Rio de Janeiro, Nova Fronteira, 2005.

CRYSTAL, David e CRYSTAL, Ben. *The Shakespeare Miscellany*. Londres, Penguin Books, 2005.

Na Internet:

Shakespeare's Sonnets
http://www.shakespeares-sonnets.com/
(ativo em *27.07.10*)

Elizabethan Online Dictionary
http://www.elizabethan-era.org.uk/elizabethan-online-dictionary.htm
(ativo em *27.07.10*)

Shakespeare Sonnet's in Modern English
http://www.nosweatshakespeare.com/sonnets.htm
(ativo em *27.07.10*)

Shakespeare's complete sonnets
http://www.opensourceshakespeare.org/views/sonnets/sonnets.php
(ativo em *27.07.10*)

William Shakespeare Sonnets
http://www.william-shakespeare.info/william-shakespeare-sonnets.htm
(ativo em *27.07.10*)

The Oxford Shakespeare
http://www.bartleby.com/70/
(ativo em *27.07.10*)

No Fear Shakespeare
http://nfs.sparknotes.com/sonnets/
(ativo em *27.07.10*)

Sonetário
http://www.elsonfroes.com.br/sonetario/nsonetario.htm
(ativo em *27.07.10*)

Índice alfabético de tradutores

EDITORA OBJETIVA LTDA.
Rua Cosme Velho, 103
Rio de Janeiro — RJ — CEP: 22241-090
Tel.: (21) 2199-7824 — Fax: (21) 2199-7825
www.objetiva.com.br

Capa e ilustrações de miolo
Edu Oliveira

Revisão
Joana Milli
Rodrigo Rosa
Raquel Correa

Editoração eletrônica
Abreu's System Ltda.

CIP-BRASIL. CATALOGAÇÃO-NA-FONTE
SINDICATO NACIONAL DOS EDITORES DE LIVROS, RJ.

S589s

Shakespeare, William
Sonetos de Shakespeare : faça você mesmo / [organização] Jorge Furtado e Liziane Kugland. - Rio de Janeiro : Objetiva, 2010.

O soneto original é apresentado em inglês
124p. ISBN 978-85-390-0099-9

1. Shakespeare, William - Crítica e interpretação. 2. Poesia inglesa. 3. Sonetos. I. Furtado, Jorge - II. Título.

10-2984 CDD: 822
CDU: 821.111-2

Este livro foi impresso na
LIS GRÁFICA E EDITORA LTDA.
Rua Felício Antônio Alves, 370 – Bonsucesso
CEP 07175-450 – Guarulhos – SP
Fone: (11) 3382-0777 – Fax: (11) 3382-0778
lisgrafica@lisgrafica.com.br – www.lisgrafica.com.br